D1490050

WHERE IS IT?

the absolute best hidden picture

TO FIND ACTIVITIES FOR ADULTS

Smarter Activity Books

ACTIVITY & COLORING BOOKS

ACTIVITY 1

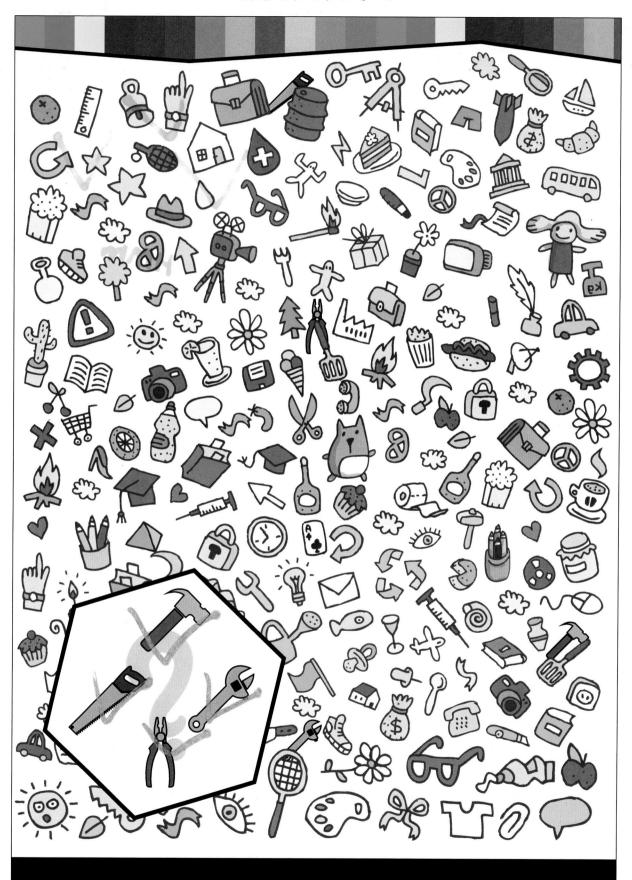

ACTIVITY 2

ACTIVITY 3

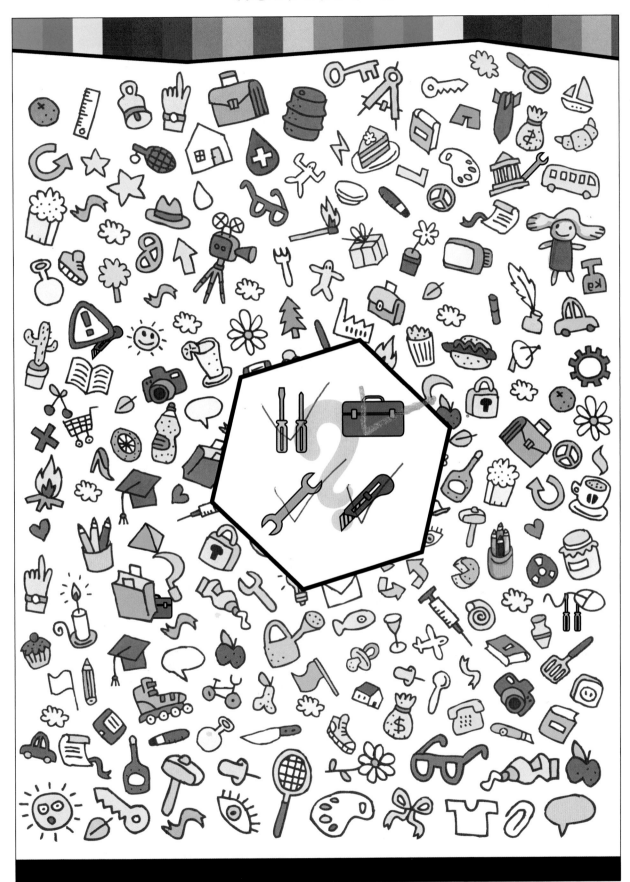

ACTIVITY 4

ACTIVITY 5

ACTIVITY 6

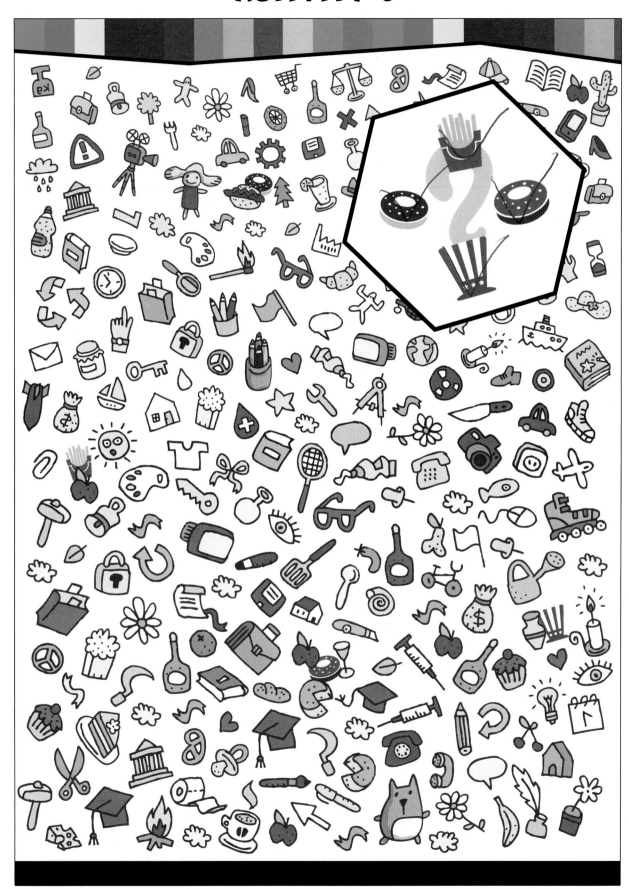

ACTIVITY 7

ACTIVITY 8

ACTIVITY 9

ACTIVITY 10

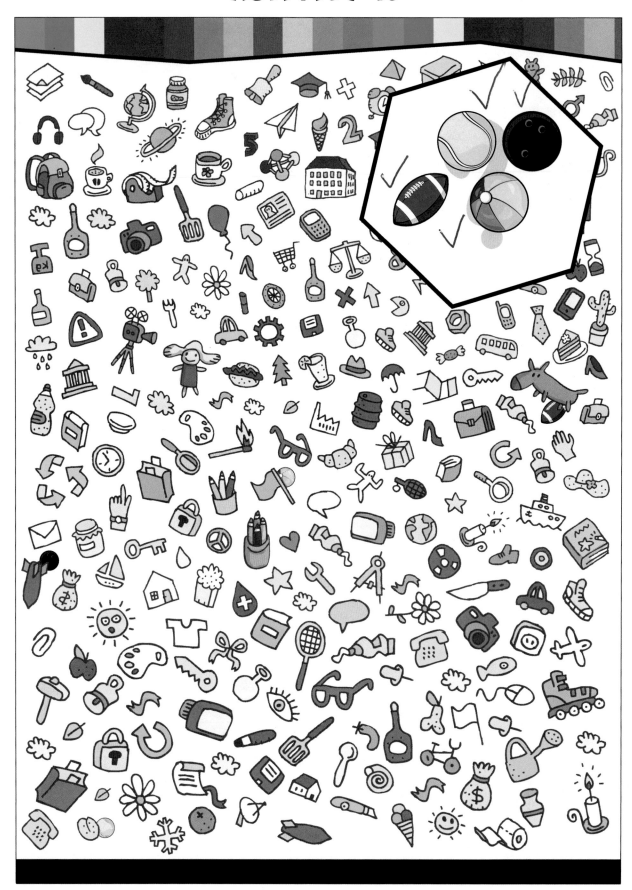

ACTIVITY 11

ACTIVITY 12

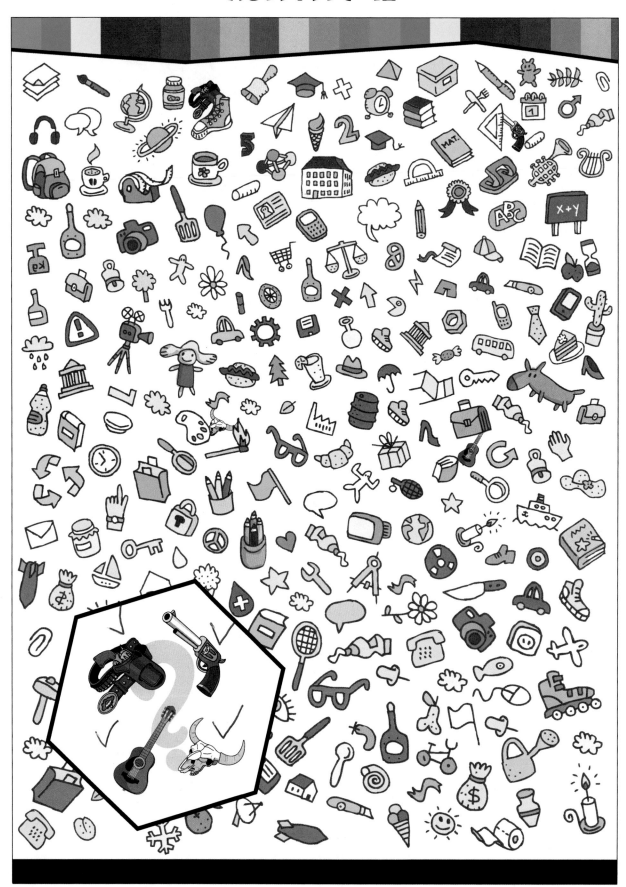

ACTIVITY 13

ACTIVITY 14

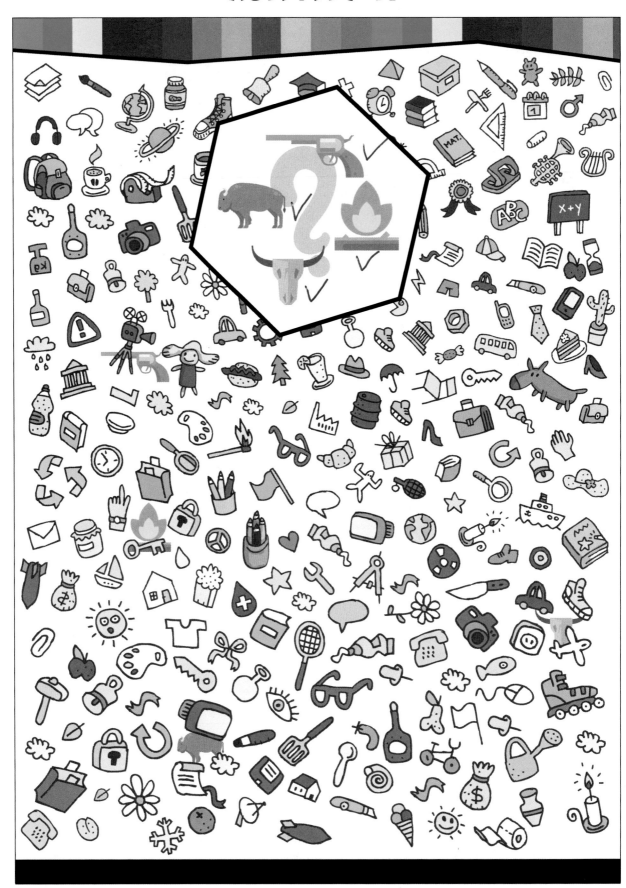

ACTIVITY 15

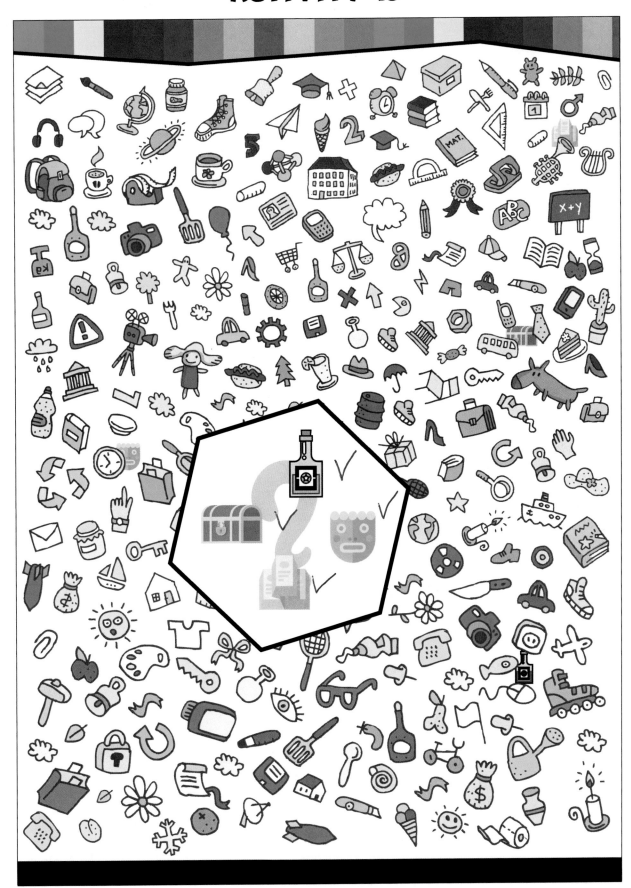

ACTIVITY 16

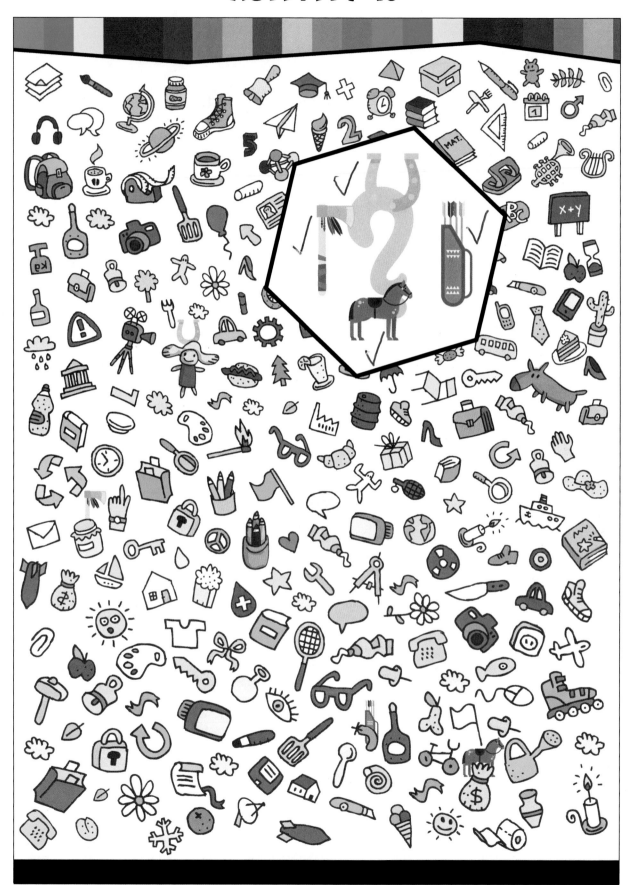

ACTIVITY 18

ACTIVITY 19

ACTIVITY 20

ACTIVITY 21

ACTIVITY 22

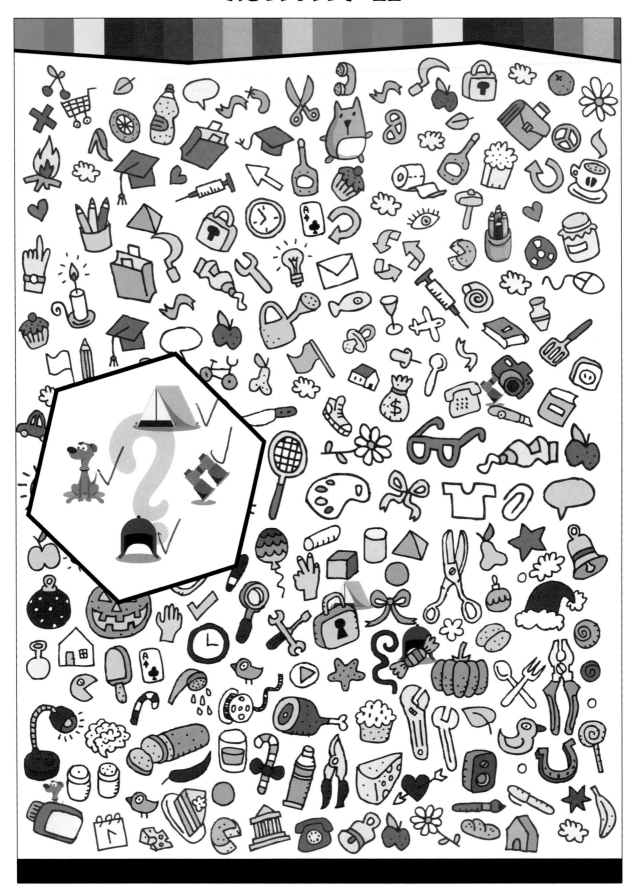

ACTIVITY 23

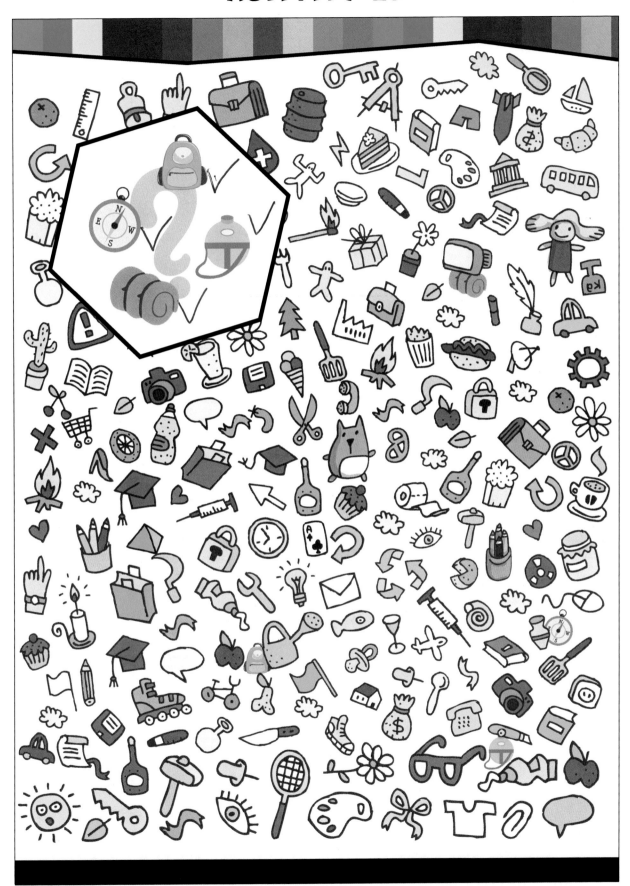

ACTIVITY 24

ANSWERS

ACTIVITY 1

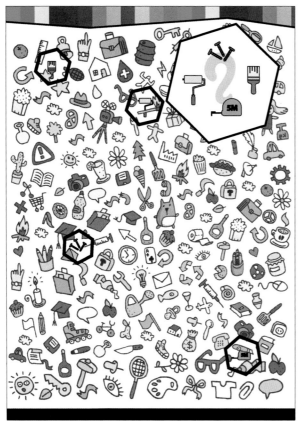

ACTIVITY 2

ACTIVITY 3

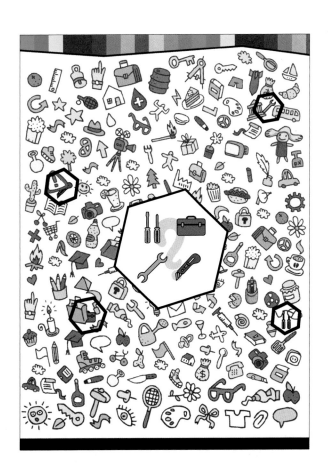

ACTIVITY 4

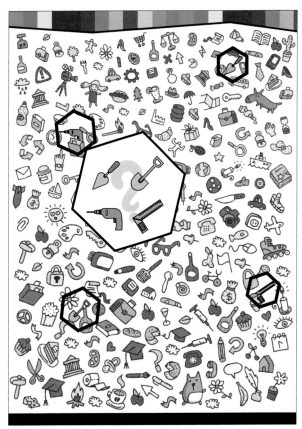

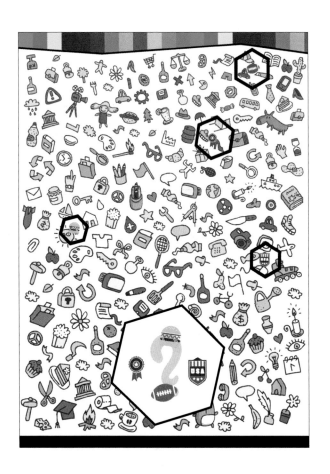

ACTIVITY 5

ACTIVITY 6

ACTIVITY 7

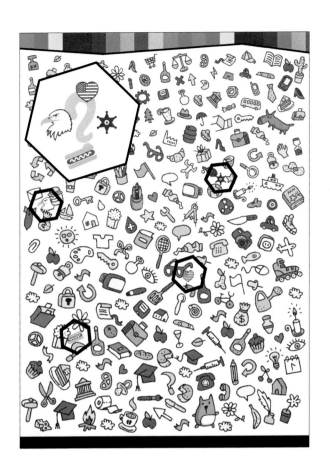

ACTIVITY 8

ACTIVITY 9

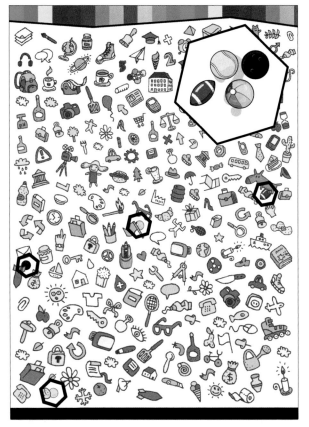

ACTIVITY 10

ACTIVITY 11

ACTIVITY 12

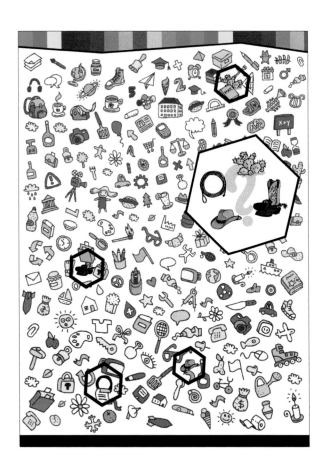

ACTIVITY 13

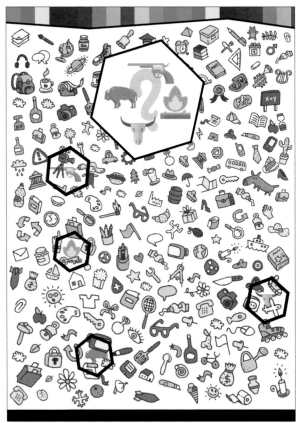

ACTIVITY 14

ACTIVITY 15

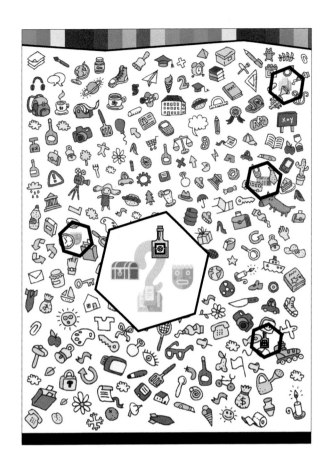

ACTIVITY 16

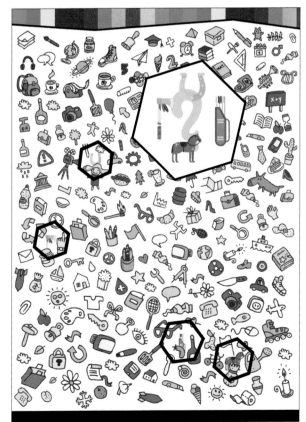

ACTIVITY 17

ACTIVITY 18

ACTIVITY 19

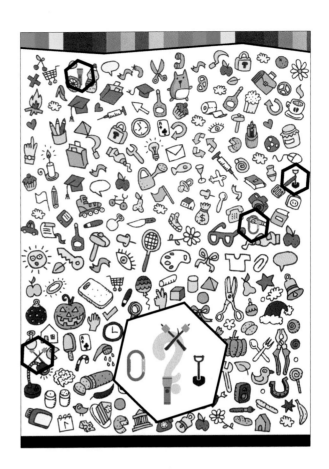

ACTIVITY 20

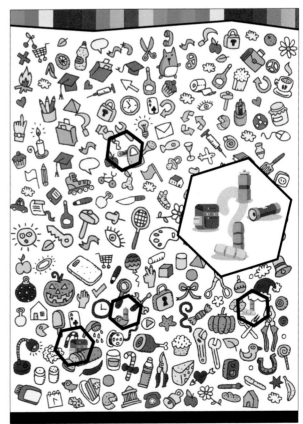

ACTIVITY 21

ACTIVITY 22

ACTIVITY 23

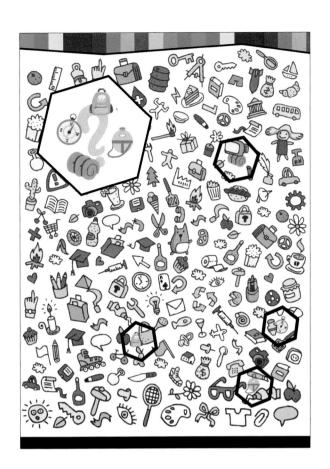

ACTIVITY 24